지독하게 말 안 듣는
박모범

바우솔 작은 어린이 49

지독하게 말 안 듣는 박모범
Very Naughty Child, Mo Bum Park

1판 1쇄 | 2024년 8월 12일
1판 2쇄 | 2024년 11월 19일

글 | 길지연
그림 | 안예리

펴낸이 | 박현진
펴낸곳 | (주)풀과바람
주소 | 경기도 파주시 회동길 329(서패동, 파주출판도시)
전화 | 031) 955-9655~6
팩스 | 031) 955-9657
출판등록 | 2000년 4월 24일 제20-328호
블로그 | blog.naver.com/grassandwind
이메일 | grassandwind@hanmail.net

편집 | 이영란
디자인 | 박기준
마케팅 | 이승민

값 12,000원
ISBN 979-11-7147-083-9 73810

『이 책은 경기도, 경기문화재단의 지원을 받아 발간되었습니다.』

※ 잘못 만들어진 책은 구입처에서 바꾸어 드립니다.

제품명 지독하게 말 안 듣는 박모범 | **제조자명** (주)풀과바람 | **제조국명** 대한민국
전화번호 031)955-9655~6 | **주소** 경기도 파주시 회동길 329
제조년월 2024년 11월 19일 | **사용 연령** 8세 이상
KC마크는 이 제품이 공통안전기준에 적합하였음을 의미합니다.

⚠ **주의**

어린이가 책 모서리에
다치지 않게 주의하세요.

지독하게 말 안 듣는
박모범

길지연 글
안예리 그림

바우솔

머리글

어른들은 알까요? 어린이들의 하루가 얼마나 신나고 즐거운지?

어린이들은 걸을 때마다 신이 나서 쿵쿵, 복도를 달려갈 때도 후다닥 뛰어갑니다. 마치 귀에서 음악이 들리는 것 같거든요.

그것뿐인가요, 어린이들은 동식물의 작은 움직임을 아주 잘 봐요. 개미들이 빵 부스러기를 물고 가는 것, 거미가 대롱대롱 거미줄에 매달린 것을 잘 찾죠. 어린이들은 볼 수 있고 들을 수 있는 게 셀 수 없이 많아요.

그럴 때마다 어른들은 말해요.

"시끄러워."

"뛰지 말고 천천히 걸어."

"더러운 거 만지지 마라."

잠깐만요, 어린이들의 하루가 무궁무진한 호기심으로 가득하다는 걸 어른들이 알아주었으면 해요.

물론, 건강과 안전을 위해서 건널목의 신호등 지키기, 사람과 차가 많은 도로에서 뛰지 않기, 손 씻기, 양치질하기 등은 모두 잘 지켜야 하죠.

사실, 어른들도 어린 시절이 있었어요. 지금 친구들과 똑같이 뛰어놀고 장난치다가 꾸중도 많이 들었죠.

난 어렸을 때 어른들이 외출하면 장롱에 들어가 놀곤 했어요. 어느 날은 친구 5명과 함께 장롱에 들어가 쿵쿵 뛰다가 장롱 바닥이 내려앉기도 했어요. 우리는 야단을 맞고 벌을 받았죠.

이 책 속의 모범이도 그래요. 반려 거북은 가족이라 생일 파티도 해 주고, 친구들과 놀고 싶어 장난을 쳐요. 그러나 친구들이 마음을 몰라 주어 아주 섭섭하죠.

태민이처럼 부끄럼이 많은 친구도 있어요. 속마음을 털어놓지 못하고 혼자 끙끙거리죠.

그러나 조금만 용기를 내어 솔직하게 자기 마음을 말하면 더 가까운 사이가 될 수 있어요.

또, 지나치게 장난을 쳐서 친구가 속상해한다면 미안하다고 솔직히 말해 봐요. 그러면 마음이 환해질 거예요.

어린 시절은 다시 돌아오지 않아요. 어린이 여러분, 매일매일 신나게 노는 걸 잊지 말아요.

길지연

차례

지각 대장 박모범

"빨리. 빨리."

엄마의 말이 떨어지자마자 모범이는 쓩 건널목을 건넜다.

"위험해!"

"엄마도 빨리, 빨리."

어느새 길을 건너간 모범이가 건너편에서 쿵쿵 뛰며 외쳤다.

모범이 엄마는 '어휴' 하며 가슴을 쓸어내렸다. 엄마도 부지런

히 길을 건너와 모범이 손목을 잡았다.

"모범아! 이렇게 막 뛰어가면 위험해. 차가 오는지 안 오는지 잘 살펴보고 엄마랑 함께 가야지."

"건널목 신호등이 초록색이면 건너도 된다고 했잖아."

모범이는 지나가는 사람들이 다 쳐다볼 정도로 큰 소리로 말했다. 엄마는 손가락을 입에 대며 작은 소리로 소곤거렸다.

"쉿! 작게 말해야지. 그리고 초록불로 바뀌어도 살펴보고 건너야 해. 알았지?"

"엄마가 늦는다고 빨리빨리 가라고 했잖아."

모범이는 툴툴거리며 다시 경중경중 뛰어 학교 운동장으로 들어갔다. 운동장은 텅 비어 있었다.

"엄마! 내가 1등인가 봐, 아무도 없어."

엄마의 얼굴이 하얗게 변했다.

"맙소사! 또 지각이구나. 어떡하나."

엄마는 모범이 손을 잡고 학교 건물 안으로 뛰었다. 모범이는 입학식 날도 그다음 날도 지각했다. 할머니 말씀을 잘 듣다 보니 지각했다.

"모범아, 이제 초등학생이 되었으니 손도 발도 깨끗이 씻고 양치질도 잘해야지."

모범이는 할머니가 당부한 대로 손이랑 발이랑 얼굴을 계속 씻었다.

"한 번, 두 번……."

"인제 그만! 늦겠다. 어서 가자."

엄마가 손목을 잡아끌지 않았으면 꼭 30번을 채웠을 거다.

모범이는 엄마 손을 뿌리치고 신나게 복도를 뛰었다. 쿵쿵 소리가 들릴 때마다 기분이 좋았다. 마치 달리기 선수라도 된 것 같았다.

"넘어져, 천천히 가야지."

엄마는 헉헉거리며 가느다란 다리로 모범이 뒤를 쫓았다. 교실 문이 열리고 모범이와 선생님이 부딪칠 뻔했다. 홀쭉한 여자 선생님이 휘청하면서 뒤로 물러섰다.

"앗, 깜짝이야! 하마터면 박치기할 뻔했네."

모범이는 자기가 놀라 먼저 소리쳤다.

“죄송합니다. 죄송합니다.”

모범이 엄마는 열 번 정도 고개를 숙이고 돌아섰다.

아이들은 복도로 걸어가는 모범이 엄마를 보며 수군거렸다.

“또 늦었어.”

그사이 모범이는 책가방을 바닥에 던지고 칠판 앞에 섰다.

“얘들아, 안녕!”

모범이는 친구들 앞에서 자기소개를 하고 싶었다. 어제도 지각해서 소개하지 못했기 때문이다.

“너희랑 한 반이 돼서 행복해! 나는 박모범이야.”

모범이는 두 손을 번쩍 들고 흔들었다.

“나는 아침에 귀리 빵을 두 개 먹으라 해서 먹었어. 우유도 세 잔 마셨지. 얼굴은 꼭 29번 씻고 건강한 똥을 싸고 왔어.”

친구들이 멍하니 바라보았다.

“건강한 똥 알아?”

친구들이 가만히 있자, 모범이 혼자 대답했다.

“반짝반짝 빛나는, 노랑 똥이야.”

작은 눈으로 유심히 모범이를 쳐다보던 태민이는 고개를 갸
웃했다. 사실 태민이는 자주 설사를 해서 반짝반짝 빛나는 똥
을 보지 못했다.

"빈자리가 하나 남았네."

교실 맨 앞자리 한 곳만 비어 있었다. 태민이 옆자리였다. 선
생님은 자리를 바꿀 사람이 있는지 물었다.

"모범이가 키가 크니 뒤에서 안 보일 수도 있어요."

아무도 대답하지 않았다. 한 줄에 한 사람씩 앉았다. 태민이 옆자리지만, 짝꿍은 아니었다. 두 팔을 벌리면 태민이랑 모범이 손이 서로 닿았다. 태민이는 목소리도 크고 시끄러운 모범이가 옆에 앉는 게 싫다고 말하지 못했다.

다음 날도 모범이는 엄마랑 교실 앞까지 함께 왔다. 오늘은 지각하지 않았다. 그런데도 모범이 엄마는 고개를 숙이며 선생님께 사과하는 듯했다.

아이들은 두 귀를 쫑긋 세우고 말똥말똥한 눈으로 선생님과 모범이 엄마를 쳐다봤다. 무슨 일이 있는 게 분명했다. 선생님은 입술을 깨물다가 숨을 크게 내쉬었다. 무엇인가 화가 나거나 심각한 일 같았다.

"자, 조용! 여러분 잠깐만 지금부터 선생님 말 잘 들어요. 오늘 하루만 모범이 반려 거북이랑 함께 수업을 들을 거예요."

선생님 말씀이 끝나자, 교실이 들썩였다.

"정말?"

"진짜?"

모범이는 자랑하듯이 상황을 설명했다.

"내가 매일 학교에 가서 롱롱이가 외로움 병에 걸려서 함께 온 거야."

아이들 눈이 커졌다. 웅성거렸다. 옆자리 태민이가 힐끔 모범이 가방을 보았다.

"엄마가 롱롱이를 학교에 데려가면 안 된다고 했지만, 롱롱이랑 함께 학교에 와야 마음이 놓이는걸."

선생님이 모범이에게 주의를 주었다.

"박모범! 절대 거북이를 가방 밖으로 꺼내 놓으면 안 돼요."

"싫어요. 가방 안에 있으면 숨이 막혀요. 죽을 수도 있어요."

아이들 눈은 모두 모범이 가방으로 몰렸다.

"그럼 쉬는 시간에만 잠깐 꺼내 놓아요."

아이들은 막 떠들고 선생님이 '조용히'라고 네 번째 말했을 때 수업이 끝났다.

"보여 줘."

"빨리."

모범이가 가방을 열자, 거북이가 목을 들었다.

작은 눈으로 모범이를 올려다보았다.

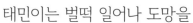

"우리 롱롱이 귀여워."

모범이는 거북이를 손바닥에 올렸다.

"잘생겼지?"

모범이는 태민이 앞으로 거북이를 내밀었다.

"너만 특별히 보여 줄게."

태민이는 벌떡 일어나 도망을
쳤다.

18

모범이는 거북이를 들고 여자애들
앞으로 갔다.

"멋진 거북 대왕님이야."

"캭!"

여자애들이 소리를 질렀다.

"나 만져 보고 싶어."

준우가 거북이를 만지려고 했다.

"안 돼, 넌 못 만져."

"왜 너만 만져야 해?"

혁이도 다가갔다. 모범이는 거북이가 든 손을 얼른 뒤로 감췄다.

혁이랑 준우가 거북이를 빼앗으려고 했다.

"가까이 오지 마!"

모범이는 거북이가 든 손을 높이 올렸다.

"악!"

거북이가 떨어졌다. 거북이는 움직이지 않았다.

"롱롱아, 죽지 마, 제발."

거북이는 바로 꿈틀 움직였다.

"살았다. 드디어 내 마법이 통했어."

모범이는 거북이를 다시 손바닥에 올렸다.

"봤지? 나는 마법사야. 죽은 거북이도 살릴 수 있다고."

다시 혁이가 다가왔다.

"살았는지 죽었는지 내가 확인해 볼게."

"싫어, 내 거북이야. 나만 만질 수 있어."

혁이랑 모범이가 다투는데 선생님이 들어왔다.

"자, 조용히! 모범이는 거북이를 가방 안에 넣어요. 내일부터 학교에 절대로 데려오면 안 돼요. 그리고 손에는 많은 세균이 살아요. 작은 동물들은 피부가 약해서 만지면 피부에 세균이 옮을 수도 있어요."

"잘 들었지?"

모범이는 준우랑 혁이를 노려봤다. 그런데 무슨 일인지 거북이가 움직이지 않았다.

"거북이가 안 움직여."

모범이는 거북이를 들여다보며 안절부절못했다. 태민이는

조금 전에 거북이가 움직이는 걸 봤다. 쌀 알갱이보다 작은 눈을 똑똑히 봤다. 선생님이 다가왔다.

"정말 안 움직이니?"

선생님이 가만히 거북이 등을 만졌다. 바로 그때였다.

"캬!"

선생님의 비명에 아이들이 두 귀를 막았다.

"이상하다. 진짜 안 움직였는데 선생님이 만지니까 움직이네."

"얘들아, 조금만 기다려라. 양호실 다녀오마."

선생님이 뛰어나가자, 모범이도 일어났다.

"롱롱이도 병원에 가야 해. 선생님이 만져서 세균이 옮았을 수도 있어."

모범이는 한 손에 거북이를 들고 한 손으로 가방을 질질 끌며 교실을 나갔다.

"거북이가 손가락을 물 줄은 몰랐구나."

다시 돌아온 선생님이 말했다.

멍청이, 똥 멍청이

"와와."

오늘도 모범이는 복도를 신나게 뛰어왔다.

"롱롱이가 건강하대요. 아빠가 완전히 건강하다고 했어요! 오늘은 롱롱이가 쉬어야 해요."

아무도 듣지 않았다. 선생님만 한마디를 했다.

"잘됐구나, 이제 네 자리에 가서 앉으렴."

선생님은 모범이가 거북이를 데려오지 않은 것만으로 안심이 되는 듯했다.

"자, 오늘은 여러분이 좋아하는 것, 재미있는 것, 신나는 것들을 이야기할 거예요. 뭐든지 괜찮아요. 공책에 써서 읽어도 좋고 말로 해도 좋아요."

"쓰는 거 싫어요."

준우가 얼굴을 찡그리며 말했다.

"그럼 한 사람씩 일어나서 말해 볼까요?"

혜민이는 뭐든지 첫 번째로 하는 게 좋았다. 가장 먼저 손을
들었다. 혜민이는 손가락에 반지를 세 개나 끼고 다녔다. 자기
를 '반지 공주'라고 소개했다.

"나는 엄마가 가장 좋아. 이 세상에 엄마가 없다면 밥도 못
먹고 자동차도 못 타고 돈도 없고 너무 슬플 것 같아. 그다음
좋은 건 반지야. 반지의 제왕이라는 만화 영화도 봤어. 반지는
요술의 힘을 갖고 있대."

"저요!"

오수정도 손을 번쩍 들었다.

"난 내가 좋아. 난 씩씩하고 용감하거든. 내 머리는 길고 허
리까지 내려와."

아이들이 오수정의 긴 머리를 쳐다봤다.

"그리고, 난 먹는 걸 좋아해. 자장면은 세 그릇도 먹을 수 있어."

수정이는 애들을 돌아보며 어깨를 으쓱했다.

"언제든지 나랑 자장면 먹기 시합하고 싶으면 도전해도 좋아."

태민이는 고개를 숙인 채 중얼거렸다.

"난 먹는 게 가장 싫은데……"

태민이는 밥 대신 콜라나 라면, 과자를 먹는 게 더 좋았다. 태민이 목소리라도 들은 듯 오수정은 더 크게 말했다.

"난 편식하는 애들이 싫어. 엄마가 그러셨어. 음식은 다 생명이래. 그래서 소중하게 먹고 남기면 안 된대. 물론 당근이나 시금치도 말이지."

다음은 태민이 차례였다. 태민이는 용기를 내서 일어났지만, 다리가 막 떨렸다.

"난 우주 비행사가 될 거야. 우, 우주선을 타고 우주에 가고 싶어."

"이태민! 그건 장래 희망이잖아. 좋아하는 걸 말해야지. 너는 귀여운 벌레나 부드러운 지렁이를 좋아할 것 같은데?"

모범이를 보며 선생님이 말했다.

"친구를 놀리면 안 돼요."

"미안. 멋진 지렁이를 닮은 우주 비행사."

모범이는 태민이를 보며 사과했다. 모범이 생각에 지렁이는 진짜로 신기하고 멋졌다. 하지만 태민이는 더 창피했다.

"자, 다음은 박모범."

모범이는 벌떡 일어나 앞으로 걸어 나갔다.

"박모범, 제자리에서 말해도 돼요."

"그림도 그려야 해서요."

모범이는 칠판에 크게 그림을 그렸다. 모범이는 그림을 그릴 때면 귀여운 곤충을 보는 것처럼 기분이 좋았다. 친구들은 모범이 그림을 보며 고개를 갸우뚱갸우뚱했다.

"이게 뭐니?"

선생님이 물었다.

"에이, 이것도 몰라요? 이건 거북이, 저건 오징어, 그리고 개구리랑 개미잖아요."

모범이는 신이 났다. 선생님도 모르는 게 있다는 게 이상했다. 모범이는 하나, 하나 설명했다.

"그러니까 거북이는 100살, 악어 52살, 개구리 10살, 개미는 5살, 오징어 2살까지 산대요."

"재미없어."

"알고 싶지 않아."

준우랑 혁이가 비웃었다.

"알았다. 동물 수명을 쓴 거구나. 모범이는 동물을 좋아하는구나."

선생님 혼자 모범이 말을 들어 주었다.

"우리 롱롱이도 백 살은 살아요. 나도 백 살까지 살 거예요. 아빠는 특수 동물 수의사예요. 거북이와 앵무새, 뱀도 치료해요."

아이들이 수군댔다.

"똥 멍청이."

킬킬 웃는 소리가 들렸다. 모범이는 태민이를 보며 말했다.

"내 친구는 이태민뿐이야."

태민이는 웃지도, 놀리지도 않았다. 모범이는 태민이를 보고
엄지척을 했다.

"나 좀 멋지지?"

태민이는 어쩔 수 없이 고개를
끄덕했다.

거미 장례식

"사랑하는 친구에게 주는 초대장이야."

모범이는 신나서 태민이에게 비닐봉지도 같이 내밀었다. 봉지 안에는 까맣고 작은 물체가 있었다.

"오늘 거미 장례식을 치를 거야. 밥통 아래 깔려 있었어. 땅에 묻으려고. 너를 거미 장례식에 초대할게."

비닐봉지 안에는 죽은 거미가 있었다. 태민이는 깜짝 놀라 부들부들 떨었다.

"나, 나, 거미 무서워."

"그럼 할 수 없지. 다른 애들을 초대할게."

모범이는 태민이를 힐끔 보다가 일어섰다. 태민이는 모범이가 거미가 든 봉지를 던질까 봐 조마조마했다. 모범이는 다른 친구들 앞으로 갔다.

"위대한 거미가 장엄하게 돌아가셨다. 거미 장례식에 올 사람?"

"저 말은 이순신 장군 책에 나온 말이야."

오수정이 말했다. 모범이는 거미 봉지를 들고 반지 공주 혜민이 앞으로 뛰어갔다.

"반지 공주 너 올래?"

"캑!"

혜민이가 소리를 지르며 달아났다. 혜민이는 도윤이랑 혁이 뒤로 도망갔다. 도윤이가 먼저 "저리 가, 거미 좀비!" 하고 말했다. 도윤이는 벌써 태권도 빨간 띠다. 혁이는 축구 교실에서 가장 축구를 잘하는 축구왕이다. 모범이는 일부러 거미가 든 봉지를 번쩍 들었다.

"너희들! 거미가 불쌍하지도 않아?"

"바보! 죽은 거미가 뭘 아냐?"

　도윤이가 비웃었다. 금방이라도 긴 다리를 쭉 뻗어 발차기할 것 같았다. 모범이는 자기 주먹을 도윤이 앞에 흔들었다.

　"내 주먹은 정말 세거든. 너희보다 세 배나 더 셀걸? 도둑을 두 명이나 기절시킨 적도 있어."

　모범이 목소리가 쩌렁쩌렁 울렸다. 도윤이가 잠시 주춤했다.

　"꼭 온다고 믿음."

　모범이는 일부러 경중경중 뛰었다. 태민이는 가슴이 조마조

마했다. 모범이가 자기를 데려갈까 봐 무서웠다. 수업이 끝나고

모범이는 친구들을 둘러보다가 혼자 꽃밭으로 갔다. 거미 장례

식에는 아무도 오지 않았다. 모범이는 혼자 꽃밭에 거미를 묻

고 작은 돌멩이를 쌓았다.

"우정의 돌멩이."

모범이는 돌멩이를 하나씩 쌓으며 중얼거렸다.

"거미야! 친구들 대신 돌멩이가 함께 있어 줄 거야."

아이들은 멀리서 구경했다.

"바보가 맞아."

모범이는 그 소리에 휙 고개를 돌렸다. 태민이가 보였다. 아이들 사이에 가장 작은 아이, 키도 작고 몸도 마르고. 태민이는 곧 울 것 같은 표정이었다. 모범이는 태민이에게 손짓했다.

"이태민, 내 친구. 이리 와."

그런데 태민이는 그대로 도망쳤다. 뒤도 안 돌아보고 막 뛰었다. 모범이는 그런 태민이가 귀여워서 더 놀렸다.

"오늘 밤 거미 귀신이 찾아갈 거야. 반갑게 맞아 줘."

태민이는 그대로 집을 향해 뛰었다. 가슴이 콩닥콩닥했다.

"혹시 내일 모범이를 만나면……"

모범이가 큰 주먹으로 때리고 죽은 거미를 꺼내와서 자기 얼굴에 던지는 상상을 했다. 다행히 모범이는 그 이후로 거미나 거북이를 데려오지 않았다.

모범이는 수업 시간에 힐끔 태민이를 바라보았다. 작은 얼굴

에 작은 안경, 쫑긋 세운 두 귀가 토끼처럼 귀여웠다. 모범이는 태민이가 좋았다. 태민이는 얌전하고 선생님 말씀도 잘 듣는데 친구가 없는 것 같았다. 목소리도 작고 말도 잘 안 했다.

"3 더하기 7은 몇이야?"

"10."

태민이가 얼굴을 찡그렸다.

"9 더하기 9는 구구야?"

"아니! 18이야."

한 번 더 물어보면 태민이가 울 것 같았다.

"고마워. 지렁이 박사."

"너 아직도 덧셈 몰라?"

태민이가 기어들어 가는 목소리로 물었다.

"당연히 모르지. 창피한 거 아니야. 배우면 돼."

모범이는 당당하게 말했다. 태민이는 모범이가 진짜 바보라고 생각했다.

2학기

2학기가 되었다. 태민이는 키가 작아서 앞에 앉았고, 모범이는 키가 많이 커서 뒤에 앉았다.

"선생님! 칠판이 안 보여요."

모범이는 태민이를 가리켰다.

"태민이 옆에 앉을래요."

선생님은 생각했고 태민이는 절망했다. '절망'은 엄마가 이모랑 전화할 때 쓴 말이다.

"태민 아빠가 2년째 놀잖아, 절망스러워."

선생님이 앞뒤 애들한테 양해를 구했다.

"괜찮겠니?"

애들이 얼굴을 찡그렸다.

"진짜 눈이 안 보여서 1학기 때도 태민이 옆에 앉은 거예요."

모범이가 우겼다. 선생님은 1학기 때는 앉고 싶은 자리에 앉으라고 했다. 2학기 때는 애들이 키 차이도 나고 해서 키 순서대로 앉혔다. 선생님은 앞뒤 애들한테 다시 양해를 구했다.

"이태민! 내 옆에 앉은 걸 축하해."

모범이는 반가움에 손을 내밀었다.

"너는 1학기 때도 내 옆이고 2학기도 내 옆자리네."

모범이는 큰 소리로 힘주어 말했다.

"우리 같은 아파트잖아. 우리는 2학년도 같은 반이 될 거야."

모범이는 시무룩한 태민이 얼굴을 보며 하하 웃었다. 태민이는 웃지 않고 중얼거렸다.

"모범이랑 있으면 친구들이 놀리지 않아. 그래서 참을 거야."

우리들의
약속

친구들과 사이좋게

사용후 제

도윤이는 지나갈 때 일부러 태민이를 툭 쳤다. 반지 공주 혜
민이는 태민이를 '꼬마'라고 불렀다. 그럴 때마다 모범이가 달려
와 대신 소리쳐 주었다.

"내 친구한테 꼬마라고 하지 마. 반지 마녀야!"

모범이는 벌써 들떠 있었다. 토요일이 오기만을 기다렸다. 이번에는 친구들을 다 집으로 초대할 생각이었다.

"모두 와서 축하해 주면 좋겠어!"

2학기 두 번째 토요일에 모범이는 칠판에 '생일잔치'라고 크게 썼다.

생일잔치

1학년 3반 친구들 초대, 또 초대.

9월 15일 토요일, 12시 신라 아파트 1동 2000호

먹을 것─ 탱수육 김밥 불고기 피자 등 더 많음

닌텐도 게임도 할 수 있음.

스파이더3 맨 영화 보여 줌.

생일잔치

1학년 3반 친구들 초대, 또 초대.

9월 15일 토요일, 12시 신라 아파트 1동 2000호

먹을 거_ 탕수육 김밥 불고기 피자 등 더 많음

할 수 있음.

영화 보여 줌.

42

모범이는 탕수육을 '탱수육'이라고 쓰고, 김밥은 '김밤'이라고 썼다. 스파이더맨 3을 '스파이더3 맨'이라고 써 놓고 고민했다.

"맞나?"

태민이를 보며 도와달라고 눈짓했지만, 태민이는 고개를 돌렸다. 모범이는 아직 덧셈과 뺄셈, 맞춤법이 서툴렀다. 준우랑 혁이는 자기들도 맞춤법은 잘 몰라서 이번에는 놀리지 못했다. 오수정이 먼저 일어났다.

"좋아, 난 참석!"

참석자 1번으로 오수정이 이름을 썼다.

"오오. 멋진걸."

모범이가 엄지손가락을 들었다. 진짜 오수정은 장군처럼 씩씩하고 명랑하다. 모범이랑 아주 조금 친했다.

"먹을 거 많이 줘야 해."

오수정은 친구들 눈치 따위는 보지도 않았다.

"난 맛있는 거 먹는 거면 무조건 좋아."

"물론이지."

수정이는 가끔 너튜브 방송을 한다고 보여 주곤 했다. 엄마랑 하는 믹방 너튜브었다.

모범이는 두리번거리다가 이태민을 가리켰다.

"내 친구, 이태민! 당연히 올 거지?"

애들이 모두 태민이를 쳐다봤다. 그때 선생님이 들어왔다. 모범이는 또 한 번 큰 소리로 물었다.

"이태민 온다, 안 온다?"

태민이는 고개를 숙인 채 기어들어 가는 목소리로 '응' 했다.

"앗싸."

모범이는 주먹을 높이 쳐들었다.

"모범이 생일 파티니?"

선생님이 칠판에 쓰인 글씨를 지웠다.

태민이는 벌써 창피하고 속상했다. 하지만 대답을 해서 안 갈 수도 없었다. 거짓말하는 건 싫으니까.

집으로 간 태민이는 아빠에게 생일 초대를 받았다고 이야기했다. 태민이 엄마는 회사에 나가고 집에서 아빠가 밥도 하고 청

소도 했다.

"초대를 받았니? 좋겠구나. 선물은 뭘 할 거니?"

"모범이가 거미를 좋아하는 것 같아요."

"거미라고! 아빠가 만들어 보마."

태민이 아빠는 이틀 동안 밤낮으로 나무를 깎아 태민이 주
먹만 한 거미 조각품을 만들었다.

"자! 멋지지?"

아빠가 자랑스럽게 거미 조각품을
내밀었다.

이상한 생일잔치

태민이는 거미 조각품 선물을 들고 천천히 걸어갔다.

"이태민!"

수정이가 뛰어왔다. 둘은 나란히 모범이네 아파트 1층 현관으로 들어섰다. 그런데 엘리베이터 문에 '고장'이라고 크게 쓰여 있었다.

"오오! 이럴 수가!"

둘은 멍하니 엘리베이터에 쓴 글씨를 바라보았다.

"20층까지 걸어가야 해?"

수정이가 비상구 문을 열더니 층계로 올라갔다.

"걸어가자."

쿵쿵 수정이 발소리가 들렸다. 벌써 2층은 올라간 것 같았다.

'어떡하지?'

태민이는 제자리에서 꼼짝도 안 했다.

"이태민, 올라오고 있지?"

수정이가 외쳤다.

"이태민! 너 꼬마 아니지?"

'꼬마'라는 말에 태민이는 주먹을 꽉 쥐었다.

"올라가고 있어."

계단을 오를수록 태민이 얼굴에선 안경이 흘러내리고 온몸에 땀이 솟아났다. 간신히 20층까지 올라가니 모범이 목소리가 울렸다.

"이태민 선수, 25분 지각입니다."

모범이는 신이 났다. 모범이는 '고장'이라 쓴 종이를 번쩍 들고 큭큭 웃고 있었다. 태민이는 헉헉대다가 복도에 주저앉았다.

"제군들을 환영한다!"

모범이는 오수정이랑 태민이를 보자 기분이 두 배 좋아졌다.

수정이 얼굴이 벌게졌다.

"이태민! 엘리베이터 고장 아니었대. 이 바보, 똥 멍청이

모범이가 꾸민 일이야."

"진짜?"

모범이는 수정이가 화를 내도 좋았다.

"여러분의 콧구멍과 이빨과 눈알 건강을 위해서 낸 아이디
어입니다."

태민이도 화가 났다. 모범이를 거미처럼 작게 만들어서 데굴
데굴 굴리고 싶었다.

그때 상냥한 목소리가 들렸다. 모범이 엄마였다.

"어서들 와라."

"빨리빨리!"

모범이는 먼저 뛰어 들어가 현관문을 활짝 열었다.

"진심으로 환영해!"

그때 멍군이가 달려 나왔다. 멍군이는 늑대를 닮은 큰 개였
다. 태민이는 발이 딱 붙어서 움직여지지 않았다.

50

"무서워!"

태민이는 수정이 뒤로 얼른 숨었다. 모범이는 겁먹은 태민이를 보자 더 놀렸다.

"멍군이는 내 수호신이야. 내 말을 안 들으면 너희를 잡아먹을 거다."

"하지 마!"

수정이가 모범이를 노려봤다.

"친구를 초대했으면 친절하게 대해야지."

"넵!"

모범이는 바로 손 경례를 했다. 혹시라도 수정이가 화가 나서 가 버리면 안 되니까 수정이 말을 잘 듣기로 했다.

"무서워!"

태민이는 아직도 수정이 뒤에서 수정이 윗옷을 꼭 잡고 바들바들 떨었다.

"이태민! 옷 좀 그만 잡아당겨."

수정이가 태민이한테 떨어지라고 했다.

"괜찮아."

모범이 엄마가 태민이 손을 잡아 주었다.

"멍군이는 조용하고 점잖고 얌전하단다."

태민이는 모범이 엄마 손을 잡은 채 겨우 한 걸음씩 발을 뗐다. 거실은 깨끗하고 넓었다.

"와."

수정이랑 태민이 입이 벌어졌다.

"궁궐 같아요."

수정이 눈이 동그래졌다. 태민이 얼굴도 조금 밝아졌다. 거미나 벌레는 없었다.

"이태민! 오수정! 롱롱이 알지?"

모범이는 식탁 위 방석에 앉아 있는 롱롱이를 가리켰다.

"뭐야?"

"그 거북이잖아."

수정이가 반가운 얼굴로 달려갔다. 태민이는 아직도 거북이가 무서워 멈칫했다.

"오늘은 롱롱이 생일이야."

"뭐라고?"

"너 생일이 아니야?"

수정이 눈이 휘둥그레졌다. 모범이 엄마가 거북이 모양의 케이크를 식탁에 올려놓았다.

"얘들아, 어서 앉으렴. 멍군아! 너도 롱롱이 축하해 줘야지."

개 이름을 부르자, 개가 껑충 뛰어와 식탁 의자에 앉았다.

"얘들아! 롱롱이 생일 축하해 주러 와서 고맙다."

수정이가 모범이를 노려봤다.

"박모범, 사과해!"

수정이가 씩씩댔다. 얼굴도 빨개졌다.

"넌 처음부터 우리를 놀려 먹은 거야. 엘리베이터 고장이라고 장난쳐서 20층까지 걸어오게 하고 거북이 생일이라고 말 안 했잖아."

"그게 뭐?"

모범이는 친구들을 깜짝 놀라게 하고 싶었다. 친구들도 롱롱이를 좋아할 줄 알았다. 그런데 수정이가 막 화를 냈다.

"박모범 사과해! 빨리."

수정이는 장난만 치는 모범이가 얄미웠다.

"20층까지 걸어 올라오느라고 얼마나 힘들었는지 알아?"

태민이는 괜히 고개를 숙였다. 모범이가 잘못했는데 마치 자기가 야단맞는 것 같았다.

"왜 화내고 그래."

모범이는 자기 마음을 몰라 주니 더 섭섭했다.

"롱롱이 생일 축하해 주는 게 그렇게 싫어?"

"그보다 거짓말로 장난치는 건 나쁜 거야. 사과해!"

수정이는 까불기만 하고 장난만 치는 모범이 같은 친구는 싫었다. 태민이는 숨소리도 내지 않은 채 가만히 있었다. 모범이는 친구들이 갈까 봐 조금 겁이 났다. 생각해 보니 엘리베이터 고장은 조금 심한 것 같았다.

"미안해!"

"앞으로 그러지 마!"

태민이는 우물쭈물하다가 아빠가 만든 거미 조각품을 내밀었다.

"이거 선물."

"와! 롱롱이 선물이야?"

"사실은……."

태민이 말이 끝나기도 전에 모범이가 상자를 열었다.

"와! 엄마, 멋진 거미야!"

모범이가 거미 조각품을 쳐들고 쿵쿵 뛰었다.

모범이 엄마가 거미 조각품을 보며 눈을 크게 떴다.

"어머나! 누가 만든 거니?"

태민이는 겨우 대답했다.

"아빠가요……."

"아빠가 만드셨어? 훌륭하시다."

수정이도 선물을 천천히 건넸다.

"나도 선물 있어. 엄마랑 너튜브 방송할 때 이걸로 먹어."

수정이는 은색 집게를 주었다.

"이게 뭐야?"

모범이는 집게를 찬찬히 보았다. 엄마가 요리할 때 쓰는 거였다.

"난 요리할 줄 모르는데."

모범이는 집게를 들고 이리저리 보다가 식탁에 올려놨다.

"난 이런 거 안 좋아함."

수정이는 그런 모범이를 보며 중얼거렸다.

"예의 없이 함부로 말하다니!"

"모두 고맙다. 우리도 맛있는 거 먹자."

모범이 엄마가 음식을 가득 차려두었다.

"와! 맛있겠다."

수정이는 꿀꺽 입맛을 다셨다. 김밥, 떡볶이, 불고기, 피자, 잡채로 식탁이 가득했다. 케이크를 자르고 생일 노래를 불렀다.

"이제, 롱롱이는 쉬어야 해."

모범이는 조심조심 롱롱이를 동굴 집으로 옮겼다. 모범이는 롱롱이에게 장미꽃이랑 채소를 주었다. 수정이랑 태민이가 신기해했다.

"롱롱이 먹이야, 채소를 잘 먹어, 꽃도 먹어."

태민이는 거북이가 채소 먹는 건 처음 봤다. 그사이, 오수정은 식탁으로 갔다. 맛있는 냄새는 도저히 참을 수가 없었다.

"진짜 맛있어."

수정이는 먹고 또 먹었다. 태민이랑 모범이는 수정이가 먹는 것만 봤다.

"수정이 정말 잘 먹는구나."

모범이 엄마도 놀란 눈으로 바라보았다.

"아, 배부르다."

수정이는 피자랑 김밥 접시를 다 비운 다음에 일어났다.

"이제 롱롱이 보러 가야지."

수정이가 돌아다니며 롱롱이 동굴 집이랑 멍군이 사진을 찍었다. 모범이는 수정이가 급식을 3번이나 받아 먹는다고 들었지만, 거짓말인 줄 알았다.

"오수정, 완전 인정!"

모범이가 엄지척을 했다.

"다음에 나랑 먹기 내기해. 도전이야."

모범이는 자기도 자장면 두 그릇은 먹을 수 있을 것 같았다.

"언제든지!"

수정이는 자신만만했다.

"대신……."

모범이가 엄마 눈치를 살폈다.

"쉿, 엄마 모르게."

자장면 먹기 시합

며칠 뒤 모범이가 태민이 집 문을 두드렸다.

"이태민, 이태민!"

태민이가 문을 열자, 모범이가 뛰어왔는지 헉헉거렸다.

"나랑 오수정이랑 자장면 먹기 내기할 거야. 네가 심판을 봐
줘!"

"정말? 어디서?"

"우리 집에서."

"엄마가 허락했어?"

"아니! 엄마는 할머니네 갔어."

"엄마를 속이는 일이잖아."

"됐어. 빨리, 빨리. 수정이가 곧 올 거야."

모범이는 그 말만 하고 신나게 집으로 뛰었다. 태민이는 시합이 보고 싶어 재빨리 신발을 신고 모범이 뒤를 쫓았다.

"사사 오팔."

모범이는 마음이 급했다. 빨리 시합하고 싶었다. 서둘러 현관 비밀번호를 꾹꾹 눌렀다.

"큰 소리로 하면 다른 사람들이 듣잖아."

태민이는 괜히 주위를 두리번거렸다.

"아아 맞다. 너 저리 가 있어."

모범이는 태민이가 안 보이게 다시 번호를 눌렀다.

"사사 오팔."

마음이 급해서 또 큰 소리로 말해 버렸다. 문이 열리자, 멍군이가 달려 나왔다.

"똥장군! 너 오늘 똥 많이 쌌지? 나처럼 노랑 똥을 싸야 해."

태민이는 멍군이를 보자 또 다리가 후들거렸다.

"안 물어. 괜찮아."

모범이는 태민이 손을 잡아 주었다. 태민이는 용기를 내서 조심스럽게 한 발씩 들어갔다. 곧바로, 딩동 벨이 울리고 오수정이 왔다.

"와. 와, 오수정 대환영합니다."

모범이는 씩씩한 수정이가 좋았다. 모범이는 수정이나 태민이가 오면 목소리가 저절로 더 커졌다. 수정이가 주머니에서 스마트폰을 꺼냈다.

"자장면 내기하는 거 동영상으로 찍을 거야. 괜찮지? 찍는 법은 엄마한테 다 배워왔어."

모범이는 약속대로 자장면을 네 그릇 시켰다. 태민이 것도 시키고 싶었는데, 태민이는 먹지 않는다고 했다.

자장면이 오자 모범이는 신이 났다. 100번이라도 이길 것 같았다.

"각자 두 그릇씩 먹는 거다."

"좋아. 슬슬 시작해 볼까?"

수정이가 촬영을 위해 스마트폰을 거치대에 끼웠다.

"좋아! 덤벼라, 천하무적 박모범이 나가신다!"

모범이는 두 주먹을 불끈 쥐었다. 수정이쯤은 이길 것 같았

다. 수정이는 휴지에 돌돌 말아 온 집게를 꺼냈다.

"난 이걸로 먹을 거야."

수정이는 집게를 번쩍 쳐들었다.

"그럼 나도."

모범이는 후다닥 주방으로 갔다.

"어디 있지?"

모범이는 이 서랍 저 서랍을 다 열고 집게를 찾았다. 집게는 맨 아래 서랍에 있었다.

"멍!"

멍군이가 짖었다. 멍군이는 늘 그랬다. 모범이가 뛰거나 소리를 지르거나 어지르면 '멍' 하고 소리쳤다. 동생한테 야단치는 형 같았다.

"야호! 찾았다."

모범이는 집게를 들고 뛰어나왔다.

"시작한다."

수정이가 동영상 촬영 버튼을 눌렀다. 수정이랑 모범이는 올림픽에 나온 선수들같이 비장했다. 태민이도 멋진 심사위

원처럼 오른손을 번쩍 들었다.

"시작!"

"이런 것쯤이야!"

수정이에게 자장면 먹는 건 정말 쉬운 일이었다. 집에서도 두 그릇은 늘 먹었으니까. 수정이는 집게에 자장면을 돌돌 말았다. 한 번, 두 번, 세 번 말았다.

"직진!"

그대로 입으로 가져갔다. 우물우물 서너 번 씹으니 자장면이 입속에서 사라졌다.

"정말, 맛있어."

자장면을 꿀꺽 삼키고 다시 집게로 돌돌 말았다. 모범이는 그런 수정이를 보니 괜히 조금 겁이 났다.

"오수정! 천천히 먹어야지. 목이 꽉 막히면 어떡해."

수정이는 모범이 말을 무시했다. 다시 집게로 자장면을 돌돌 말았다. 한 번, 두 번, 세 번…… 수정이의 입속으로 자장면이 쏙 들어갔다.

00:05:11

66

67

"심판! 심판!"

모범이는 정말 겁이 났다. 어쩌면 수징이가 자장면을 먹다 기절할 것만 같았다. 모범이는 식탁을 쾅쾅 두드렸다.

"심판이 도와주어야지."

태민이는 절대 모범이 편을 들고 싶지 않았다.

"지금은 시합 중입니다. 선수들은 당당하게 시합하세요."

태민이는 모범이 말을 무시했다.

모범이는 진짜 겁이 나서 자장면 시합이 싫어졌다. 더 솔직히 자장면 먹기도 싫었다. 자장면 대신 고기나 스파게티가 먹고 싶었다. 그사이 오수정이 자장면을 다 먹어 치웠다.

"시합 끝."

태민이가 외쳤다.

"반칙이야. 내가 심판을 불렀잖아, 내 말을 무시했잖아."

모범이는 자기 마음을 몰라주는 게 더 속상하고 짜증이 났다. 그런데 오수정이 또 뭐라고 했다.

"거짓말쟁이 박모범! 넌 한 그릇도 못 먹는구나!"

수정이는 박모범하고 자장면 먹기 내기한 걸 후회했다.

"다시는 너랑 내기 안 해. 징징거리고 떼쓰고 아기도 아니 면서!"

"그게 아니라 네가 자장면을 먹다가 기절할까 봐 겁났다 고!"

"변명하지 마! 이 동영상이 증거야."

"넌 바보야!"

모범이는 자기 마음을 몰라주는 수정이가 섭섭하고 화가 났다. 오수정은 모범이가 정말 모자란 아이 같았다.

"뭐 저런 애가 있어."

수정이는 집게를 챙겨 들고 일어났다. 태민이는 주춤거리 다 얼른 수정이 뒤를 따라 나왔다. 멍군이 혼자 현관까지 따 라왔다가 들어갔다. 모범이는 훌쩍 콧물을 삼켰다.

"친구들은 내 마음을 몰라."

모범이는 정말 수정이가 걱정됐다.

"오수정은 언젠가는 목이 막혀서 병원에 갈 거야."

결석

수정이가 내기 동영상을 너튜브에 올렸다. 반 애들이 모두 다 봤다.

"오수정 대단해."

"혹시 자장면 몇 그릇까지 먹을 수 있어?"

"세 그릇이랑 군만두 한 접시."

수정이가 모범이를 보며 비웃듯이 픽 웃었다.

"박모범! 아직도 엄마 젖 먹지?"

"기저귀도 찬 거 아니야?"

동영상을 본 준우, 혁이, 도윤이가 함께 놀렸다.

"아니야! 나 기저귀 안 찼어."

모범이는 화가 머리끝까지 나서 머리가 터질 것 같았다.

"다 바보 같은 오수정 때문이야."

모범이는 그대로 교실을 나왔다. 수업도 안 끝났는데 가방도 두고 집으로 갔다. 수정이는 운동장으로 뛰어가는 모범이를 가만히 바라보았다. 그날부터 모범이는 머리가 아팠다.

"이상하네! 열도 없는데."

모범이 엄마는 이마도 짚어 보고 모범이 똥도 확인했다.

"정상이야. 황금빛인걸."

"거짓말 아니야! 정말 머리가 아파."

모범이는 사흘이나 학교에 가지 않았다. 3일째 되던 날 선생님이 수정이랑 태민이를 불렀다.

"수정아! 그 동영상은 내리도록 해라."

"모범이에게 말하고 올린 거예요."

수정이는 한참을 생각하다가 다시 말했다.

"모범이는 동영상 때문에 친구들이 놀려서 학교에 안 오는 거예요?"

"그 건 아니야, 감기란다."

수정이는 모범이가 놀림을 받은 것이 조금 미안했다.

"동영상은 내릴게요."

수정이는 바로 동영상을 삭제했다. 태민이는 수업이 끝나자 다시 교무실로 갔다.

"모범이 가방을 가져다주려고요. 우리 옆 동에 살아요."

"그럴래? 무거운데 들고 갈 수 있어?"

선생님은 홀쭉한 태민이를 보며 걱정스럽게 물었다.

"네."

태민이는 모범이 가방을 들고나왔다. 모범이 가방은 진짜 무거웠다. 모범이 가방을 뒤로 메고 자기 가방을 앞으로 멨다.

'2학년이 되면 모범이랑 다른 반이 되겠지.'

그런 생각을 하는데 운동장에서 놀던 준우랑 혁이가 달려 왔다.

"멍청이가 똥 멍청이 가방 메고 가네."

"똥 거북이잖아."

못 들은 척 걸어가는데, 이번에 도윤이가 다가왔다. 갑자기 도윤이가 태민이를 밀었다. 태민이는 그대로 엎어졌다. 가슴에 가방이 있어서 다치지는 않았다.

"하하하."

"바둥바둥 엎어진 거북이."

세 명의 웃음소리가 크게 들렸다. 태민이는 겨우 일어나 등에 멘 가방이랑 앞으로 멘 가방을 내렸다. 준우랑 혁이는 모범이가 없으니 더 놀리는 것 같다. 태민이는 운동장 흙을 집어서 애들한테 던졌다. 갑자기 흙을 던지니 애들이 주춤거렸다. 태민이는 흙 한 주먹을 더 움켜쥐어 애들 앞으로 던졌다.

"나 괴롭히면 경찰 아저씨한테 신고할 거야."

소프라노 가수처럼 높고 가는 목소리가 운동장으로 퍼졌다.

자기 목소리에 태민이도 놀랐다. 자기 목소리가 그렇게 높이

높이 날아갈 줄 몰랐다. 애들이 도망쳤다. 세 명은 교문 밖으로

사라졌다.

"똥 멍청이들."

태민이는 처음으로 욕을 했다. 태민이는 다시 가방을 메고

걸어갔다.

'고장.'

진짜 모범이네 엘리베이터가 고장이었다. 태민이는 두 번 다시 20층을 걸어서 올라가기 싫었다. 그때, 경비 아저씨가 나와 물었다.

"몇 층에 갈 거니?"

"20층 박모범 집이요."

"아, 인사 잘하는 모범이."

아저씨가 웃으며 인터폰으로 연락해 주었다.

"저런!"

아저씨가 고개를 저었다.

"많이 아파서 친구는 못 만난다고 하네."

"정말이요?"

태민이는 입술을 꼭 깨물었다. 모범이가 아프다고 하니 걱정이 되었다.

"그래도 가 볼게요. 아저씨, 감사합니다."

경비 아저씨에게 꾸벅 인사한 태민이는 가방들을 다시 단단히 멨다. 그리고 천천히 한 걸음씩 층계를 올랐다.

진짜 친구

태민이는 헉헉대며 19층까지 올라갔다. 한 층만 올라가면 20층이다. 그때 박모범 목소리가 들렸다.

"와! 이태민이다."

모범이는 태민이가 올라오는 소리를 들었다. 너무 기뻐서 뛰어 내려가고 싶은 걸 억지로 참았다. 태민이가 5층쯤에서 포기하고 돌아갈까 봐 가슴이 조마조마했다. 그런데 태민이가 드디어 올라왔다.

"내 가방이다! 이태민, 완전 감동."

모범이는 자기 가방에 입을 맞췄다.

"엘리베이터 고장인데 힘들지 않았어?"

태민이는 한참 숨을 고르다가 말했다.

"괜찮아. 박모범, 근데 왜 학교 안 왔어?"

"머리가 아파서 못 갔어."

"월요일부터 올 거야?"

"머리 안 아프면 갈 거야."

모범이는 자신도 몰랐다. 머리가 아픈 것 같은데 또 안 아픈 것도 같았다.

"빨리 나아서 꼭 와야 해."

모범이는 처음으로 태민이 눈을 자세히 봤다. 작은 눈! 롱롱이처럼 귀여운 눈이다. 태민이가 진짜 자기를 걱정하는 것 같았다. 태민이는 엘리베이터 단추를 누르며 다시 중얼거렸다.

"월요일에 학교 꼭 와야 해!"

그사이 수리가 되었는지 엘리베이터 문이 열렸다. 모범이는 태민이게 무슨 말이든 하고 싶었다.

"이태민!"

"왜?"

"아니야. 아무것도."

모범이는 무슨 말을 해야 할지 생각이 안 났다. 엘리베이터 문이 닫히는데 태민이 목소리가 들렸다.

"박모범! 2학년 때도 같은 반이 되면 좋겠어."

"그 말 진심이야?"

모범이는 다시 열림 단추를 누르며 소리쳤다. 엘리베이터 문이 다시 열렸다.

"진심!"

태민이가 웃었다. 처음으로 크게 웃었다.

"야호!"

모범이는 신나서 몸을 마구 흔들었다.

엘리베이터 문이 닫히고 태민이가 내려갔다.

월요일 아침, 모범이는 신나게 복도를 뛰었다. 쿵쿵 소리가 복도를 울렸다. 교실 문을 열자 갑자기 애들이 우르르 몰려왔다.

"박모범! 너희 거북이 장미꽃도 먹어?"

"너희 집 개 이름이 멍군이야? 사람 말 다 알아들어?"

모범이는 눈이 휘둥그레져서 애들을 쳐다봤다.

그때 오수정이 다가왔다.

"박모범! 이제 다 나았어?"

오수정이 자기 스마트폰으로
동영상을 보여 줬다. 멍군이랑
롱롱이가 보였다.

"오수정! 언제 찍었어?"

"롱롱이 생일날 찍은 거야."

애들이 몰려와서 롱롱이 생일잔치에 가고 싶다고 했다.

"나도 거북이 생일 파티 가 보고 싶어."

"롱롱이 생일은 지났어. 곧 멍군이 생일이야."

83

"나도 멍군이 생일 때 갈래!"

"나도!"

혜민이도 윤주도 오고 싶다고 했다.

"모두 다 와도 돼. 생일 때는 멍군이가 무서운 늑대로 변신할 거야. 다들 각오해!"

모범이는 벌써 신이 났다. 교실 뒤쪽 구석에서 세 아이가 모범이랑 태민이를 보고 있었다. 준우, 혁이 도윤이였다. 모범이가 그쪽을 바라보며 물었다.

"너희도 올 거지?"

한참 있다가 준우랑 혁이가 고개를 까닥했다. 도윤이는 "알았어."라고 했다.

"들었지? 이태민! 우리 다 친구가 된 거야."

태민이가 고개를 끄덕였다.

'내 친구, 박모범! 2학년도 같은 반이 되면 좋겠다.'

태민이가 속으로 중얼거렸다.